瓜飯樓西域詩詞鈔

馮其庸 著
柴劍虹 輯録

中華書局

自序

我從小就喜歡詩詞，初中二年級，我在無錫《大錫報》上發表了兩首詞和一篇散文。一九四六年，我在無錫國專創辦了「國風詩社」，油印刊出了《國風》詩詞刊，差不多每期都有我的詩詞作品。可惜在不斷的「運動」中，這幾十本詩詞刊都被毀掉了。

本來在我的日記裏，也還有不少詩詞作品。但一九六六年六月「文化大革命」爆發，我一九六六年的日記和之前十多年的日記，全被「造反派」抄走銷毀了。這樣，一九六六年以前的詩詞作品就全部没有了，有的，只是我腦子裏記憶的少數幾首。

一九八六年，我第一次到新疆，到二〇〇五年，二十年間，我十次去新疆。

三上帕米爾高原，在明鐵蓋立玄奘東歸碑記。兩越塔克拉瑪干大沙漠，歷數年之久，繞塔里木盆地走了一遍，還到了新疆最北端與原蘇聯接壤的哈巴河。二〇〇五年，我從米蘭南北縱穿羅布泊到樓蘭，從樓蘭出來，又自西向東横穿羅布泊到龍城、白龍堆、三隴沙入漢玉門關。

二十年間，我的西域之行，都有詩紀事，今承老友柴劍虹兄輯爲西域詩詞鈔，老友拳拳之心，銘記不忘。復承朱振華兄協助出版，亦深感盛情，并此致謝！

馮其庸

二〇一五年十月二十九日于病榻

目録

一九八八年　戊辰

一九九〇年　庚午

一九九一年　辛未

一九九三年　癸酉

詞作

圖版

帕米爾高原明鐵蓋達坂——玄奘取經東歸入境山口

在玄奘取經東歸入境處立碑

玄奘取经东归古道
乙酉七月 冯其庸敬题

塔什庫爾干之石頭城，玄奘在此停留過

庫車鹽水溝玄奘取經古道奇特山水之一

庫車鹽水溝玄奘取經古道奇特山水之二

萬户千門天禄閣——庫車山水之又一奇觀

庫車五色山

羅布泊合影

羅布泊地貌之一

羅布泊地貌之二

樓蘭古城三間房

樓蘭古城中的民居遺址

龍城雅丹地貌

龍城夕照

白龍堆地貌

詩作

一九八六年　丙寅

題天山瑶池　九月二十一日

群玉山頭見雪峰。瑶臺阿母已無踪。
天池留得秋波緑，疑是浮槎到月宫。

九月二十一日晚，訪唐北庭都護府故址，古城猶存，此即盛唐詩人岑參、封常清幕府所在地也，感而口占

荒城故壘尚依稀。想見嘉州寄語時。
我亦故園東向望，漫漫長路接天迷。

題龜茲山水二首　九月二十七日

看盡龜茲十萬峰。始知五岳也平庸。
他年欲作徐霞客，走遍天西再向東。

地上仙宫五百闔。赤霞遥接北天門。
平生看盡山千萬，不及龜茲一片雲。

九月廿八日游古龜兹克孜爾千佛洞，夜不寐，枕上口占

流沙萬里到龜兹。佛國天西第幾支。
古寺千相金剥落，奇峰亂插赤參差。
曼歌妙舞歸何處，西去聖僧亦題辭。
大漠輕車任奔逐，蒼茫唯見落暉遲。

一九八八年　戊辰

戊辰十月十三日訪賀蘭山下西夏王陵

獨立天西二百年。賀蘭山下塚巍然。
至今留得遺文在，猶待時賢仔細研。

一九九〇年　庚午

麥積山登七佛閣感賦二首　十月十一日

仰視懸崖萬仞梯。群山俯瞰若青薺。薺字借韵。
泠泠忽怪天風起，始覺身高白雲低。

悠悠麥積是祖庭。千載猶存劫後身。
我到名山禮七佛，心香一瓣護斯人。

自蘭州返京經騰格里大沙漠有感

千里車行大漠橫。長天目斷有雁聲。
何人識得籌邊策，不在生兒只一氓。

庚午初冬十一月十二日夜到涼州

輕車昨夜到涼州。千里關河一望收。
憶得王翰詩句好，葡萄美酒不須愁。

庚午秋自天水至蘭州，車行叢山中，一路秋色如畫，黄葉滿山，過碧玉村，風光更濃，過馬營，昔日戍邊屯兵之馬營也，因賦一絶　十月十三日

黄葉漫山碧玉村。秋風匹馬到前屯。
匆匆行色臯蘭道。千里高原銷客魂。

武威騰格里沙漠中訪漢方城遺址，城在沙漠深處，爲近年之新發現　十一月十四日

大漠孤城雁字横。紅河東去杳無聲。

漢家烽火兩千載，我到沙場有舊温。温字借韵。

庚午舊曆九月卅（十一月十六日），張掖訪黑水國故址

涼州游罷到甘州。蘆荻蕭蕭故國秋[一]。
黑水蒼茫西逝去，黑城依舊卧荒坵[二]。
將軍功業三千歲，烈士沉冤未白頭[三]。
我到邊關增感慨，男兒何事覓封侯。

注釋

〔一〕張掖舊有「半城蘆葦半城廟」之稱，予到張掖，城中尚有蘆葦，已盡白頭矣。

〔二〕衆水東去，唯黑水西流，黑水在張掖城西北，水道甚寬，蒼茫無盡，然冬季水涸，已無水矣，予去黑水國故城，先過此河。

〔三〕前漢衛青、霍去病、李陵諸人，均曾用兵西域，過張掖達酒泉，至今酒泉有霍去病勞軍古井，在酒泉遠郊有泛泉堡，爲李陵戰敗被俘處，傳有李陵碑，或謂泛泉堡古城竟稱李陵城云。

庚午十月初二（十一月十八日），風雪中登嘉峪關城樓感賦

天下雄關大漠東。西行萬里盡沙龍。
祁連山色連天白，居塞烽墩匝地紅。
滿目關河增感慨，遍身風雪識窮通。
登樓老去無限意，一笑揚鞭夕照中。

訪古陽關遺址　　十月初八（十一月廿四日）

柳枝折盡到陽關。始信人間離別難。
唱罷渭城西去曲，黄沙漠漠路漫漫。

庚午十月初十（十一月廿六日）訪玉門關故址

游罷陽關到玉關。無邊沙磧地天圜。
漢家功業開邊甚，昨夜詔書到百蠻。

庚午十二月十一日再過白水澗道感賦

古道一絲開混沌。天山莽莽此爲門。
雪練九曲羊腸白，紅柳百叢鳥路昏。
萬馬奔騰來谷底，千駝躑躅過險嶟。
我今吊古心猶怯，絶巘横空欲斷魂。

一九九一年　辛未

積石行

二月七日晨四時至十六時於蘭京車中

黄河落地走東海。初臨積石第一關。
吁戲乎！
巍巍積石何險哉！群峰壁立如劍排。
飄緲雲霧似束帶。仰視不可見其巔。
皚皚雪嶺横空出，遮蔽西北天地間。
銀峰耀日生光輝，想見當年姑射仙。

西南群山連綿走，中藏絲路兩千年。
聞道大禹治水時，對此重山發浩嘆。
幸得鬼斧神工來相助，刀斫斧鑿亦三年。
最是東頭萬峰重叠處，摩天巨石相鈎連。
衆神束手鬼告退，黄水奔流盤旋四溢不得出此關。
大禹一怒奮神威，巨斧揮處此關開。
至今留有禹王石，千載令人生驚嘆。
我與京都二三子，爲尋絲路涉間關。
車行萬山深谷底，歷盡艱險到河源。

吁嗟乎！
黄河之水天上來，千回百折出此關。
從此奔騰向東去，洪濤滚滚生波瀾。
吁噫嘻！
中華文化五千載，要由此水來灌溉。
我今尋源到積石，願溯源頭上星海。

一九九三年　癸酉

癸酉九月九日，予自京飛烏魯木齊，先至高昌、交河故城，再到伊寧，越天山至庫車，即擬去喀什，登崑崙山感賦一絶

九月十九日于庫車改定

老來壯志未消磨。西望關山意氣多。

橫絶流沙逾瀚海，崑崙直上竟如何。

九月十一日至交河城感賦

千家萬室盡摧隤。兀立斜陽默自哀。
何處詩人留舊迹，教人躑躅復低徊。

題高昌城二首　九月十二日

故宫斷壁尚巍峨。雙塔亭亭夕照多。
想見當年繁勝日，滿城香火念彌陀。

乘危遠邁有孤僧。國主高昌亦可倗。
難得焚香深結拜，西天一路好依憑。

癸酉九月十八、十九兩日，自伊寧乘長途車赴庫車，經兩日夜度天山感賦

天山看盡百千峰。碧緑橙黄俱不同。
更有冰峰如列劍，森森寒氣逼吾胸。

過天山冰達阪

千回百轉下山難。過盡千峰祇一灣。
太白惟知蜀道險，那知更有冰達阪。阪字從當地俗語。

九月廿日抵龜茲，夜不寐，枕上口占

不到龜茲已七年。重來更覺水山妍。
連天赤色峰如劍。接地清清水似泉。
萬户千門天禄閣，瓊樓玉宇廣寒仙。
奔騰澎湃層濤湧，落日蒼茫古戍邊。

癸酉九月廿三日題温宿古木林，皆千年古樹，虬曲如龍，盤屈卧地再起，園中古樹皆作此龍蛇形，堪稱奇迹

見首神龍難見尾。人間何處覔仙居。
天涯行遍無踪迹，却遇盤盤在翠微。

九月二十五日到喀什宿疏勒

千山萬水不辭難。西上疏城問故關。
遥想當年班定遠，令人豪氣滿崑山。

癸酉中秋前夕，予宿南疆民豐縣，月色甚麗，夜忽有夢

關山萬里一輪圓。夢裏相逢異國仙。
爲訴平生離別苦，花開花落復年年。

癸酉中秋月夜，洛浦來政委宴請，即席致謝，兼贈李吟屏先生　九月卅日

萬里相逢沙海頭。一輪明月正中秋。
殷勤最是主人意，使我欲行還又留。

謝和田雒勝政委贈崑山碧玉　十月一日

多君贈我碧琅玕。猶帶崑崙冰雪寒。
知是瑶臺阿母物，千秋應作秘珍看。

和田臨別贈雒政委，並訂明年之約　十月四日

與君相見崑崙前。白玉如脂酒似泉。
莫負明年沙海約，駝鈴聲到古城邊。

癸酉秋盡在和田得大葫蘆

西域葫蘆大如斗。一葫能儲十斛酒。飲之可得千年壽。
憶昔鴟夷泛五湖，剖之作舟輕且浮。載得西子逍遥游。
鬢影釵光共一廬，羡煞人間萬户侯。

一九九四年　甲戌

自題大西部攝影集《瀚海劫塵》　七月十五夜

瀚海微塵萬劫波。天荒地老夢痕多。
我來吊影淪漪促，留與滄桑劫後佗。佗，吴語他。今尚存。

甲戌歲暮，自刊《瀚海劫塵》出，率題一律　十二月

風雨平生七十年。關河萬里沐雲煙。
天山絶頂捫星斗，大漠孤城識漢箋。
已過崑崙驚白玉，將登葱嶺嘆冰天。
天涯浪迹無窮意，更上冰川續後篇。

一九九五年　乙亥

一九九五年八月二日，自京飛烏魯木齊，機中見天山博格達峰獨立如銀柱

萬山起伏波紋細，突立孤峰銀甲新。
我到西天尋舊夢，蒼顏華髮又遥征。

題莎車

中印戰争時，印軍妄圖自阿里入侵，直至我葉城莎車，我自衛反擊後，印軍不堪一擊，俘虜均集於莎車。

千年古國已焕新。葱嶺東來第一城。
賴有雄兵扼險隘，西山寇盜莫相侵。

贈莎車胡宗堯政委

風霜雨雪任天然。堅守崑崙四十年。
自向冰天煉傲骨，紛華於我似雲煙。

題烏什城，城以西，有別迭里山口，存唐時烽燧。山口即玄奘法師西天取經出國境處　二首　八月十六日

西來萬里拜孤城。燕子山高有勒銘。
此去關山多峽路，烽臺猶扼迭里門。
西去聖僧過此城。當年想見遠孤征。
我來峽口尋遺道，山險峰高鳥路橫。

題塔什庫爾干朅盤陀古城，玄奘東歸時所留處也

八月十八日

高原萬古朅盤城。負笈東歸有聖僧。
我到九天尋舊迹，白雲半掩土墻橫。

和田贈雒政委　八月廿三日

三年離別意如何。重到崑崙白髮多。
痛飲狂歌趁此夕，明朝萬里又征駝。

雒勝政委自和田送予至婼羌，故樓蘭地也，臨歧殷殷，詩以留別　八月卅日

相送樓蘭古國前。長亭一曲路三千。
多情最是胡楊樹，淚眼婆娑在路邊。

參觀新修塔中公路題胡楊樹　　九月一日

千年獨立足丰標。沙壓風吹不折腰。

我向胡楊深禮贊，將軍大樹數君高。

乙亥八月卅一日同高玉璽、高健、李吟屏諸友及朱玉麒、孟憲實兩君同游鐵門關留題

萬山重叠鐵門關。一水東流去不還。
惟有千年古絲路，依然絶壁危峰間。

過天山絶頂老虎口至一號冰川，風雪大作，雲生雙袖，感而有作　九月十日

灣環九折上蒼穹。風雪如狂路不通。
虎口遥望窮碧落，天門俯視盡迷濛。
身經雪嶺知天冷，人到冰川見玉宫。
最是雲生雙袖裏，欲尋姑射問行踪。

一九九六年　丙子

敦煌古樂在京演出有感　　三月十二日

一曲敦煌古樂新。千姿萬態茜羅裙。
纖腰那更臨風舞，吹徹寧王玉笛春。

一九九七年　丁丑

題格登碑　九月三日

十年夢想到烏孫。萬里來參國士魂。
今日格登碑下過，殘陽似血馬如雲。

題草原石人，石人爲突厥武士，佩長劍當風兀立

九月八日

千里荒原有石人。當風獨立氣超神。
遥知血戰玄黄日，一劍曾降百萬秦。

題烏孫墓　九月八日

荒草離離十丈高。解憂不是是馮嫽。
武皇當日多深慮，異族通婚萬世豪。

游喀納斯湖，宿哈巴河一連，此處爲中國之最北端，雖九月已寒冷徹骨，夜不能寐，枕上看窗外繁星若燦，口占

西行萬里到邊州。一宿戍樓百感稠。
窗外繁星疑入户，枕邊歸夢繞紅樓。
平生行役今稱最，他日相逢話昔游。
明早揚鞭縱馬去，直奔哈八過灘流。

一九九八年　戊寅

悼馬振俠　八月二十四日

一九九五年九月，予來南疆，識袁振國、馬振俠兩君，予至塔什庫爾干、紅其拉甫，振俠均陪同，臨别約明年重來。翌年，予因事繁未來，今年予事更繁，然故人之約不可違也，因決心再到喀什，雖道途坎坷，而終于八月二十三日到喀什。至則振俠已于數月前不幸車禍亡故矣，聞之慘然，因賦此二十字，以志痛悼。不用舊韵，率作口語，見真情也。寬堂記

萬里故人來。不見君可哀。
崑崙風雪夜，流水細細裁。

題金塔寺二首　十月七日

一九九八年中秋後一日，夜四更，在酒泉，月色如銀，恍如白晝，不復能寐，起步回廊，對月吟成。

馬蹄參罷尋金塔，百轉羊腸繞雪嶟。
黄葉丹崖共一徑，寺門高掛碧霄垠。
千峰踏過到禪門。飛閣懸崖百丈嶟。
誰遣山僧關緊閉，心香一瓣且先焚。

題瓜州榆林窟　十月十日

輕車今日到瓜州。千佛榆林寶繪多。
東洞更存無上筆，聖僧夜渡葫蘆河。

自題《祁連霽雪圖》

祁連高入碧雲端。霽雪千峰徹骨寒。
我到名山悟佛意，人生無處不安禪。

一九九九年　己卯

題西藏當雄縣，縣在海拔四千米以上　三月五日

人到當雄已自雄。千峰頭白一湖葱。
欲尋仙界在何處，更上布宫三萬重。

二〇〇〇年　庚辰

己卯除夕，爲予七十八歲初度，述懷有作

一月廿一日

雲海蒼茫寄此身。縱橫今古感微塵。
滄桑閲盡人間世，百劫方知石友真。
萬里流沙臨瀚海，千峰壁立上崑崙。
平生壯旅今衰矣，奮翮猶思學大鵬。

題胡楊樹　二月三日

沙場直立一千年。倒地依然俠士眠。

何物世間能似此，英雄只有胡楊先。

贈房峰輝將軍　二月十一日

喜聞房峰輝兄晋升正軍長并兼蘭州軍區副司令，詩以爲賀。

有唐偉相房玄齡。繼緒賢昆出巨星。
萬里安邊霍去病，千軍一律亞夫營。
胸中百萬种經略，指上三千漢孔明。
華夏中興逢大勢，男兒誓不負平生。

二〇〇一年　辛巳

當年　三月十五日

當年豪氣未消磨。直上崑崙意更多。
踏遍流沙千里道，歸來對酒一高歌。

二〇〇二年　壬午

紀峰爲造像，自題一律　九月十六日

壬午八月，予已過八十生日半年有餘，紀峰來爲作塑像，因自題一律。

風雨相摧八十年。艱難苦厄到華巔。
平生事業書詩畫，一部紅樓識大千。
七上崑崙情未了，三進大漠意彌堅。
何時重踏天山路，朔雪嚴冰也枉然。

贈王炳華二首　十一月十四日

瀚海滄桑覓夢痕。樓蘭又見小河墩。
君家事業傳千古，卓犖群英是俊人。

龍沙萬里是生涯。雨雹風霜意更賒。
不向冰天煉奇骨，哪能雪地作紅霞。

二〇〇三年　癸未

題畫　四月二十三日

崑崙西上鬱葱葱。千朵蓮花碧海中。到此幾疑身是夢，一聲低吟萬峰同。平生踏遍天山路，幾度來參碧玉宮。此去藐姑無太遠，他年紲馬到閬風。

題畫　五月一日

三上崑崙亦壯哉。萬山重叠雪蓮開。
夕陽西下燕支色，爽氣東來白玉堆。
肅立千峰韓帥陣。奔騰萬馬奚官臺。
問君曾到西天否，紫岫青巒逐眼來。

二〇〇四年　甲申

題王良旺將軍《雲天浩歌集》　三月二十三日

豪情激蕩讀君詩。我亦流沙七度馳。
馬上多君能殺敵，揮毫盡是瓊琚辭。

題畫　七月二日

平生兩上崑崙頂。袖裏時時吐白雲。祇覺青天摩我髮，不知身在最高層。層字借韻。

二〇〇四年九月十四日，偕邢學坤、寧孝先、賈强、朱玉麒、常真及菉涓、海英重游鐵門關，昔張騫、班超、班勇、鄭吉、玄奘、岑參所過之關也，詩以記之　三首

夜三時半，枕上口占。

六年重到鐵門關。流水依然白草斑。
欲上峰頭舒望眼，漢唐故道尚灣環。

蒼山萬叠鐵門關。一騎當關萬騎還。
此處由來鏖戰地，雙崖壁立血猶殷。

千古雄關此鐵門。鳥飛不度馬無痕。
古來多少英雄士，驚世奇勛第一闇。

讀《大唐西域記》玄奘至尼壤指納縛波、樓蘭有感

九月十九日

樓蘭故國尚依稀。杖策東歸雪滿衣。
萬死艱難逾大漠，熱風吹送一僧歸。

二〇〇五年　乙酉

八月五日去紅廟途中口吟，時即將再去新疆崑崙山也

大地蒼茫世途寬。江山日日換新觀。
如今又踏西征路，垂老崑崙再結歡。

喀什重來　八月十三日

喀什重來舊雨多。全羊席上酒如河。
動人最是風情舞，一曲清歌震九州。

登帕米爾高原，剛入山口，即遇泥石流，公路被沖斷，車陷泥流中，經搶救纔脱險，詩以紀事　八月十四日

洪水滔滔失要津。千峰壁立上崑崙。
平生不怕風波險，要從險處見精神。

題公主堡　八月十九日

昔日久聞公主堡，今朝來覓舊巢痕。
奇峰亂插横流水，古道依然到古屯。

崑崙頂上放歌　九月四日

三上崑崙意更賒。最高峰頂望中華。
神州處處多佳氣，目盡青天到海涯。

明鐵蓋山口玄奘東歸入境處立碑，詩以紀實

九月四日

萬古崑崙鳥不穿。孤僧策杖撥雲煙。
一千三百年前事，憑仗豐碑證舊緣。

二〇〇六年　丙戌

題玄奘西行　一月十六日

萬里塵沙半死生。熱風惡鬼漫相驚。
千回百折求真意，不取真經不返程。

二〇〇七年　丁亥

贈屈全繩將軍二首　三月二十九日

崑崙一别十三年。又到詩城拜杜仙。
怪道詩思清如水，原來心底有靈泉。
横刀躍馬儒將風。壯志如山氣似虹。
屈大夫和辛棄疾，雕弓詞筆一般同。

題畫　四月七日

拔地參天一玉峰。銀光熠熠氣葱蘢。
平生三上峰頭立，極目天涯到海東。

二〇〇八年　戊子

玄奘東歸，經羅布泊樓蘭入玉關，予親至其地考證，詩以紀實　九月七日

廿年苦學絶精微。杖策西來雪滿衣。
尼壤東邊納縛普，樓蘭古道一僧歸。唐時稱羅布泊爲納縛波。在尼壤（今尼雅）之東，皆玄奘所記。

題畫　九月九日

看盡江湖十萬峰。崑崙太白俱不同。名山也忌千人面，卓立丰標自爲雄。

病榻　十一月七日

三年病榻卧支離。想到西天惹夢思。
欲向崑崙尋古道，彌兒山下有僧歸。

二〇〇九年　己丑

題玄奘法師尼壤以後歸路　三月七日

流沙夢裏兩崑崙。廿載辛勤覓夢痕。
我到樓蘭尋故國，聖僧歸路進玉門。

夢裏　三月二十一日

流沙夢裏兩崑崙。三上冰峰叩帝閽。
爲問蒼蒼高幾許，閶宮尚有未招魂。

二〇一〇年　庚寅

壽饒選堂公九五華誕二首　七月十三日

乾坤清氣一鴻儒。學滿崑崙詩滿湖。
畫筆還從天地闊，興來揮翰灑瓊珠。

人過九十可稱仙。況傍崑崙啓壽筵。
應教麻姑來獻壽，阿母閬苑壽桃鮮。

詞作

木蘭花慢　畫展

謝徐邦翁賜詞，即依原調，并次原韵。　二〇〇一年四月六日

念少年歲月，遭倭寇，廢書堂。祇西抹東塗，書云子曰，鑿壁偷光。荒唐。心慕李杜，更司遷，留得萬年香。又拜陳、徐、董、巨，墨翰自訴衷腸。　邊荒。仰望奘師，尋前踪、誓徜徉。萬里盡龍沙，崑崙壁立，古道斜陽。十年七度來往，見漢唐舊業尚相望，千仞振衣欲呼，盡開大漠邊疆。

附：調木蘭花慢

余與馮公其庸均年逾耄耋，而于六法、八法都樂之不疲，馮又善攝影，則余所不能也。近日公又以法書繪畫及攝影圖一百多幅張之中國美術館展覽，余與尹光華兄同往參觀，瀏覽之後，譜此調一闋贈之，亦以互爲自勉自勵耳。徐邦達　四月五日

正京華麗日，看群客，躋高堂。仰四壁彌鋪，書姿暢臆，圖寫風光。豪狂。透從紙背，喜名標嗅得墨翰香。豈限陳（白陽）徐（青藤）縱逸，别裁自出心腸。西疆。萬尺高空，能膽壯，竟徜徉。幾外械（攝影機也）收來，黄沙古道，邊塞殘陽。雙雙並瀏覽處，見無窮樂土應開倡。偕子撣衣同快，毋思耄耋逾將。

金縷曲　贈范敬宜學兄

二〇〇二年一月九日

猶記當年否？正西窗、長歌激越、滿眼神州。逐鹿中原天下事，虎躍龍騰獅吼。共奮袂，榆關燕幽。誰識風波划地起，有多少、故人淪楚囚。天地泣、鬼神愁。　丈夫不解記微尤。莽崑崙、晴空萬里，任吾遨游。急駕巨龍騰飛上，切莫此時遲留。那顧得、霜髯雪頭。我與軒轅曾一諾，縱粉身碎骨誓相酬。君與我，共驅騶！

好事近　追憶明鐵蓋達阪喀喇崑崙山紀事

二〇〇二年二月廿七日

崑極忒嵯峨，舉手可攀明月。萬疊冰峰如劍，鳥飛難逾越。
惆悵千載一玄師，錚骨獨奇絶。我到峰顛參拜，仰一懷冰雪。

八聲甘州　贈丁和

二〇〇六年六月十九日

對茫茫瀚海問蒼天，浩劫幾千秋。看營盤殘骼，樓蘭廢壍，羅布龜丘。處處繁華猝歇，百代風流休。惟有白龍堆，依舊西游。我到流沙絶域，覓奘師聖迹，江河恒流。縱千難萬險，九死不回頭。幸良朋，危途峰險，歷巉巖，猶似御輕騶。終盡把、山川靈秀，珊瑚網收。

浣溪沙　題設色葡萄

二〇〇八年一月廿四日

萬里龍沙一夢痕。胭脂紅透玉生温。明珠顆顆圓又純。

筆底掃來豈有價，縹緗裝就更無倫。長公題罷道逾尊。

八聲甘州　爲李巍藏漢唐金銅佛像珍品集題

十二月廿九日

望巍巍雪域麗西天，卓立幾千秋。仰布宫莊肅、崢嶸殿閣，玉宇瓊旒。更寶相萬千態，佛法詎邊疇。參妙諦無上，萬世同修。

聞説三千佛劫，看十年小劫，桑海西州。嘆沉淪寶相，鉛淚銅仙流。法輪轉、天龍護法，盡神功、大施金剛鈎。覓聖像，虔心呵護，聚萬佛樓。

後記

中華書局出版《瓜飯樓西域詩詞鈔》在即，是書著者九十三歲高齡的馮其庸先生寄來「自序」的同時，來電講「因爲身體原因，已不便作長文了」，囑我爲是著撰寫「文字詳盡一點的後記」。我理解馮老的意思是增添一些有助于讀者對這些詩詞閱讀理解的文字。五年前，我曾寫過《抒性寄情大西北》一文，談學習馮老西域詩詞的體會，現在附在書末，藉以再次反映自己的學習心得。因爲上世紀六十、七十年代，我曾在新疆做教學工作十年，馮老還希望我能補充一些對大西北生活情景的真實感受。這裏也只能長話短說，用簡潔的三段文字來表述了。

第一段話：新疆是個好地方，歷史文化源流長。新疆不僅地大物博，山川奇麗，而且自絲綢之路開通之後便是世界四大文明的交匯之地，多元文化色彩濃郁，積澱深厚，成果豐碩，新疆各族人民對中華優秀傳統文化的形成、發展作出了杰出的貢獻。馮老西域詩詞多贊嘆新疆山川大漠、古迹遺址之作，實即鍾情于我們偉大祖國的歷史文化，亦即鍾愛爲開發、建設邊疆做出無私奉獻的各族兒女，也是謳歌新疆、熱愛新疆的真情表露。從唐代詩人的邊塞之作，到清朝流戍新疆的文人咏嘆，我們閱讀歷代詩人咏唱新疆的西域詩詞，最突出的感覺就是只有那些親歷了這片土地的人，自覺地接受了文化的洗禮，才能與之血脉相通、筋骨相連，即便一旦離開它，也會魂牽夢繞，永不離棄。比起歷代曾歷經西域的内地墨客文人們，馮老稱得上是在新疆走得最遠、最多、最高的行者，更是對西域歷史文化有深入、透徹了解的文史大家。

第二段話：我與新疆有緣分，西域培育我成長。還在孩童時，在江南水鄉，一位志願軍文工團員教會我唱《新疆好》，從此，那「美麗的田園」「可愛的家鄉」就開始縈繞在我的腦海之中。大學畢業，我志願到新疆教書，雖時值「文革」，政治氛圍很差，工作條件與生活環境都比較艱苦，但在和各族學生和諧共處、教學相長的十年中，我真切感受到了「第二故鄉」的魅力。育人修己，我也得到鍛煉、培養、教育，不僅努力做好一名教師的本職工作，也萌發了研究西域歷史文化的志趣，爲日後研究敦煌學與絲路文化打下了基礎。一九七八年，我回到母校北京師範大學師從啓功、鄧魁英等教授做研究生，碩士論文的題目就是《岑參的邊塞詩研究》，爲此還專門兩次回新疆到南、北疆一些古遺址考察。四十多年來，我與新疆緣分不斷，至今亦無悔無怨。一九八一年，啓功先生請馮老參加我們的研究生論文答辯，我始得親聆馮老的教誨；有幸得馮老親炙三十多年，獲益匪淺。馮老與新疆也是有緣，且情有獨鍾，幾乎每到一處，均有詩抒情言志，而且創作了不少色彩絢麗、風格獨特的西域畫與攝影作品。我讀馮老的西域詩詞，可謂靈犀相通，真是別有一番滋味在心頭。

第三段話：絲綢之路新面貌，人文精神得弘揚。通過新疆各族人民的團結奮鬥，今天的新疆已經比過去任何一個歷史時期都更加美麗、富饒、繁榮。近年來，我國提出推進「一帶一路」建設的重大戰略決策，在新的歷史時期，「和平合作、開放包容、互學互鑒、互利共赢」的絲綢之路精神得以更好弘揚，新疆在絲綢之路的新面貌中應該展現出更加美麗燦爛的笑容。因此，新疆的和諧穩定就格外重要。據我的體會，重視歷史文化傳承，開展文明交流互鑒，注重人文精神培養，應該成爲不可或缺的文化教育工作重心。馮老的西域詩詞，不僅内涵豐富，辭語精煉，而且韵律規整，讀來朗朗上口，便于閲讀、傳播，可以作爲這方面的精當教材來學習。

遵馮老之囑，補寫了上面這些話，以爲此書「後記」。有不當之處，懇請馮老及廣大讀者批評指正。

柴劍虹

二〇一五年十一月

一四〇

附録

抒性寄情大西北

——學習馮其庸教授西域詩詞的一點體會

自上世紀八十年代中開始的二十年間，馮其庸教授以古稀、耄耋之年十赴新疆，涉瀚海，訪樓蘭；追尋玄奘西行東歸古道，登達阪，逾古堡，在獲取了珍貴的第一手資料、開拓文史研究新天地的同時，也寫下了許多瑰麗的西域詩篇。據近期正在編集的《馮其庸文集·瓜飯樓詩詞草》約略統計，這些寫大西北的詩詞有九十餘首，内容幾乎遍及西域的山川勝景、古城遺迹、風物人情，堪稱當代新西域詩詞的典範之作。

熟識馮老的朋友都知道，馮老是豪爽、直率的性情中人，他的西域詩作同樣文如其人，風格鮮明：抒山水性靈，靈氣通篇，栩栩如生；寄西北情愫，豪情滿懷，感天動地。試簡述筆者初步學習後的一點體會。

據馮老自述，他在十四歲少年時代讀了岑參等唐代詩人描寫西域風光的詩，大爲驚異，「從此在我的心裏就一直存着一個西域」（參見《瓜飯集·〈瀚海劫塵〉序》）。這種心裏的夢境縈繞了半個多世紀，終於隨着他一九八六年首次新疆之行而逐漸與真實的西域風情完美地融爲一體，不斷地從他的筆端流出，化爲壯美的新詩篇。真是夢裏尋她千百回，一旦親臨，如睹仙境，又恍如夢境，「到此幾疑身是夢，一聲低吟萬峰同」（《題畫》，二〇〇三）。因此，尋夢成真，真景似夢，「廿載辛勤覓夢痕」（《題玄奘法師尼壤以後歸路》，二〇〇九），又寄情於夢，就成了馮老西域詩詞的一個顯著特色。他描述新疆考古是「瀚海滄桑覓夢痕」（《贈王炳華》，二〇〇二）；身臨天池「疑是浮槎到月宮」（《題天山瑶池》，一九八六）；題西部攝影集云「天荒地老夢痕多」（《自題大西部攝影集〈瀚海劫塵〉》，一九九四）；他居然在天山深處海拔四千米的巴音布魯克感悟到蘇東坡「夢遶千巖冷逼身」的詩境，乃至近年因病體無法再度西行，却仍然夢回西陲：「三年病榻卧支離，想到西天惹夢思」（《病榻》，二〇〇八），「流沙夢裏兩崑崙，三上冰峰叩帝閽」（《夢裏》，二〇〇九），連畫葡萄也在品味着「萬里龍沙一夢痕」（《浣溪沙·題設色葡萄》，二〇〇八）。讀馮老的西域詩，讀者每每會被帶進如痴如夢的境界，感受到難以言喻的朦朧之美。

馮老西域詩詞的另一個特色是他筆下的西北山水富于靈性，無論是白雪皚皚的博格達冰峰，還是碧波蕩漾的天山瑶池，不管是怪石嶙峋、五彩斑斕的龜兹層巒，抑或歷經滄桑的玉門、陽關遺址和交河、高昌、黑水故城，乃至寸草不生、鳥獸絶踪的浩瀚沙漠，他都滿懷深情與之對話、交流，傾崇敬之心，訴仰慕之情。仿佛他面對的都是久違的摯友，是可以托付終身的至愛親朋。在他看來，這山山水水、戈壁大漠，都孕育着生命，都藴含着靈性，「此去藐姑無太遠，他年紲馬到閬風」（《題畫》，二〇〇三），「爲問蒼蒼高幾許，閬宫尚有未招魂」（《夢裏》，二〇〇七），上天山，登崑崙，可以結識更多的仙友；「對茫茫瀚海、問蒼天，浩劫幾千秋」，「我到流沙絶域，覓奘師聖迹」

《八聲甘州·贈丁和》)，涉流沙，越瀚海，可以沐浴歷史風雲，聆聽前賢心聲，充實自己的生命歷程。與賦詩同時，馮老還創作了許多幅色彩絢麗的西域山水畫，拍攝了上千幅構思奇巧的西域風貌照片，詩、畫、影相映成趣。馮老曾有詩句評饒宗頤先生書畫云：「賦得山川靈秀氣，飛來筆下了無塵。」又稱贊年輕攝影家丁和的西域作品「終盡把、山川靈秀，珊瑚網收」(《八聲甘州·贈丁和》)，亦可謂是夫子自道。

「千回百折求真經，不取真經不返程」(《題玄奘西行》，二〇〇六)。玄奘精神是激勵馮老不顧年邁體衰仍發願西行，跋涉瀚海、攀登雪原的强大動力。爲此，他立下宏願：「縱千難萬險，九死不回頭。」(《八聲甘州·贈丁和》)面對雄偉壯麗的西域山川，他豪情滿懷，視羅布泊沙丘、溝壑和高寒缺氧的帕米爾高原爲坦途，沐火焰山熱浪、白龍堆狂飆爲和風，故而「危途峰險，歷巉巖，猶似御輕騶」(《八聲甘州·贈丁和》)。他的許多西域詩作，都是在千辛萬苦的跋涉與千鈞一髮的探險中吟就的，但篇篇都散發出高亢激昂的樂觀情緒，没有一絲一毫的低沉、退縮之意，也没有些許的矯揉造作。「千山萬水不辭難，西上疏勒問故關。遥想當年班定遠，令人豪氣滿崑山。」（《宿疏勒》，一九九三）我曾經在一九九五年夏和馮老一同考察拜城的克孜爾石窟，當時因道路不暢，凌晨從吐魯番出發，顛簸近十八個小時，半夜時分才到達克孜爾，第二天清晨，當許多人還在客房酣睡時，馮老已經精神抖擻地在窟前架好相機，專心捕捉却勒塔格山的晨曦旭日了。「滿目關河增感慨，遍身風雪識窮通。登樓老去無限意，一笑揚鞭夕陽中。」（《風雪中登嘉峪關城樓感賦》，一九九〇）「老來壯志未消磨，西望關山意氣多。横絶流沙逾瀚海，崑崙直上竟如何？」（《登崑崙山感賦一絶》，一九九三）他的許多西域詩作，正是這種豪邁氣概和樂觀精神最生動形象的體現。

馮老對西域山川的一往情深，除了緣於他從小就培育起來的對大自然的熱愛之外，也來自他對祖國大西北的衷情，來自他對開發大西北重要意義的深刻認識。一九八六年九月，他第一次到新疆，在新疆大學講學後去天池游覽，去吐魯番、吉木薩爾、庫車參觀考察，就建言「開發大西北」，堅信「研究我國西部地區的學問——我叫它作西域學——也一定會大發展」，乃至萌發了要有較長時間到新疆從事教育工作和文史研究的意願。（參見《瓜飯集·西域紀行》一文）由于熱愛，他對西域山水百看不厭，常看長新，有特別敏鋭的感受和鑒賞力。如他第一次到庫車，就由衷地感嘆：「看盡龜茲十萬峰，始知五岳也平庸。」「平生看盡山千萬，不及龜茲一片雲！」（《題龜茲山水二首》，一九八六）過了七年再到庫車，他又贊許「重來更覺山水妍」。（《題龜茲》，一九九三）後來，他又從中提煉出神州山川各有風格特色的道理，並用於繪畫創作之中：「看盡江湖十萬峰，崑崙太白俱不同。名山也忌千人面，卓立丰標自爲雄。」（《題畫》，二〇〇八）而祖國大西北對形成多元一統、和而不同的中華文明的作用却是不可低估的。他西行尋積石河源，想到的是「中華文化五千載，要由此水來灌溉」（《積石行》，一九九一）；他贈詩勉勵駐守西部的軍旅友人要超越漢將霍去病，「胸中百萬种經略，指上三千漢孔明。華夏中興逢大勢，男兒誓不負平生。」（《贈房峰輝將軍》，二〇〇〇）九年前，馮其庸畫展在中國美術館舉辦，著名書畫家徐邦達先生賦《木蘭花慢》詞相贈，馮老依原調次韵，下闋即云：「邊荒。仰望奘師，尋前踪、誓徜徉。萬里盡龍沙，崑崙壁立，古道斜陽。十年七度來往，見漢唐舊業尚相望，千仞振衣欲呼，盡開大漠邊疆。」（《木蘭花慢·畫展》，二〇〇一）這也爲我們學習和理解馮老的西域詩詞提供了一把金鑰匙。

柴劍虹

二〇一〇年十月八日完稿

本文曾于二〇一〇年十月在中國人民大學舉辦的「國學前沿問題研究暨馮其庸先生從教六十周年國際學術研討會」上宣讀

圖書在版編目（CIP）數據

瓜飯樓西域詩詞鈔 / 馮其庸著. -- 北京 ：中華書局，2016.2
ISBN 978-7-101-11509-3

Ⅰ. 瓜… Ⅱ. 馮… Ⅲ. 詩詞－作品集－中國－當代
Ⅳ. I227

中國版本圖書館CIP數據核字(2016)第017663號

書　　名	瓜飯樓西域詩詞鈔
著　　者	馮其庸
輯　　録	柴劍虹
責任編輯	朱振華
裝幀設計	許麗娟
出版發行	中華書局 （北京市豐臺區太平橋西里38號　100073） http://www.zhbc.com.cn E-mail:zhbc@zhbc.com.cn
印　　刷	北京市白帆印務有限公司
版　　次	2016年2月北京第1版 2016年2月北京第1次印刷
規　　格	開本710×1000毫米　1/16 印張12¼　字數80千字
印　　數	1－2000册
國際書號	ISBN 978-7-101-11509-3
定　　價	65.00元